永恒白昼

WANG YU
〔澳〕王瑜 著

群言出版社
QUNYAN PRESS
·北京·

图书在版编目（CIP）数据

永恒白昼 /（澳）王瑜著．-- 北京：群言出版社，2018.4

ISBN 978-7-5193-0027-2

Ⅰ．①永… Ⅱ．①王… Ⅲ．①诗集—澳大利亚—现代 Ⅳ．①I611.25

中国版本图书馆 CIP 数据核字（2018）第 102730 号

版权登记号：01-2018-3167

责任编辑：潘　昊
封面设计：逸品书装

出版发行：群言出版社
地　　址：北京市东城区东厂胡同北巷 1 号（100006）
网　　址：www.qypublish.com（官网书城）
电子信箱：qunyancbs@126.com
联系电话：010-65267783　65263836
经　　销：全国新华书店

印　　刷：北京柏力行彩印有限公司
版　　次：2018 年 5 月第 1 版　2018 年 5 月第 1 次印刷
开　　本：880mm × 1230mm　1/32
印　　张：4
字　　数：48 千字
书　　号：ISBN 978-7-5193-0027-2
定　　价：28.00 元

目录

今天

什么事也没有

天是天

地是地

你是你

我是我

盗汗

雨越来越大了，而我
被困在一个哪儿都是
炸鸡般渗出油水的灵魂和
犄角旮旯的污垢
亏损，涝灾
节节退败的我们
仅仅出于无聊而抓紧的羽毛也
变成没有褪干净的
陈年旧事般坚硬的鸡毛掸子
被虚假流传的
血脉那么
浑浊、不堪，以至于
捆绑在命运上面青铜色碎片一碎再碎

直到连天都

变得很绿、油乎乎

风干的蜜饯就像

黏满飞虫那么

密集，而

不能脱手的与其说是生活

倒不如

仅仅出于情绪正确而

把蟹肉

从壳内逼出，这么

就很容易解释

世界

到底是不是均质的

可毕竟很难

给冲浪者写诗

水冷
水还没有被游过
从海滩到天黑仅 17 厘米
水鸟和水草就聚到云对面
都太饿了，一个比一个焦急
我想说，如果仅仅是昨天那样也就罢了
与其这样等
还不如到水里去
迎着海浪，为那些要溺水的人拉响警报
向岸上那么高
那么高高在上的看台上
那里等着的人到底还在不在那里
快盯住计时器

从公园到庙宇，出租车计价器里 54 到 64 元的
差距快得像一个骗局
典故和皇帝，全部朝夕
都紧凑如你母亲油腻腻的发髻，那么黑，那么
黑，那么黑，你简直想哭，可是太晚了
你等得太久，以至于
忘记了自己的等待从一开始究竟出自哪里
比如说河堤
到了晚上有鹅和彻夜不眠的鸭群
那么简单的素材都令你无能为力
从海里出来
带着皮肤的咸，仿佛披满不可告人的情境
仅仅是风都让人发疼
可是风
从中央空调和超市里紧凑密聚的灯
把你推进字符、座椅、所有蔬菜和干果
和过去的
那个乞丐还在那里
刚刚睡着
比货柜里的冰鱼还要安静

嘀

一想到你，世界就特别湿润了
窗户上有一层水雾，屋顶上的泡沫很浓
地上盖着奶油，床上的糖衣
呼应着彩云，泡泡在沉没
和上升，泡泡里还有泡泡
永远有新的泡泡，永远有新的你

孤儿

所有人都是浪子
在微观社会学层面上
生活就是在事件里漂泊
从这个到那个
永无止境地无所依附
唯一的消遣只有颜色
数字
声音
这些渐变尺度的无穷组合
去词语海洋球玩一下午
再上概念蹦蹦床
可劲儿蹦
坐伦理海盗船
吃迅速融化的当代性冰激凌

态度

首先，没有介入。

其次，没有当下。

第三，没有终点。

第四，至少有行动吧？

第五，不。

英雄

我梦见你了
你就在我梦里
不梦见你的时候
你在哪儿呢
从巫毒山到五个手指头
从食指滑到中指
又回到拇指

在我写了诗而不能分享的时候

我想到兔子
它们不能发声
还有大部分海里的鱼
还有云
还有树
还有死掉的亲人
死掉的英雄和孬种

还有爱不能爱的事物
做不应该做的梦

中心

在事物的中心
比如说在一个橙子的中心
在草原的中心
在任何东西的中心都是一样的
中心就是中心
我想在你内心的中心

一个故事

还有如果

哪怕

再也不

然而

偏偏又

多么地

况且

就算如此

仍然

以至于

并且

还

夏天

夏天来了

融解如奶油的蝉

在大太阳光舞台上

天塌下来了

没有什么

毕竟天那么轻

我们年轻幼稚

超级野蛮的午餐盒里

最小幅的山水卷轴像水晶

和散发臭味的男朋友

和光照到小鸟的双眸令它失明

一只狗吐出

奶白色

流淌啊流淌在

宇宙图册

硬币般呆板的星星尸体上

你从中跌下

月亮蓝

太阳把所有东西晒成透明的了
风湿病老人重新起来跳舞
调味五花肉薄薄地伴着树叶
从吱吱响的铁盘上被银筷子夹起来了
白色花纹冰激凌在冒烟
很远的人倒吸一口冷气，然后逃回了房间
在又薄又滑又像蛇皮般凉凉的被子里
喝汽水
杯底沉淀着钻戒、假牙还有塑料玩具
吹泡泡的时候泡泡变成房子那么大
渐渐地吹泡泡的人被吹进了泡泡里
到处都是椭圆星系和冥王星蓝
天王星白
地球紫
月亮蓝

天问

把星星都摘下来
去装饰冰激凌了
火烧云都磨碎
染了嘴唇
太阳那么油腻
露珠又涩又硬
我把山川从大地上
像拔体毛一样拔掉了
把海的头发抚过了
我把蜥蜴和熊的叫声
调和在流沙里
把青铜器的歌唱过了
我把你爱过了
把自己摔进赤松

把所有的雾
香气和氛围都闻过了
我把天问过了

小区以北

酒店　五金店

养老院　超市

理发店

菜场

立交桥

住宅　住宅　住宅

主马路

河

19 点 28 分 46 秒 10 号桌 1 位

干锅手撕包菜

太极双味虾

荷香腊味糯米饭

怀旧三杯鸡

烧汁菌菇鸡柳

上汤菠菜

大麦茶

加急

保姆分手记

春天
也有可能是夏天
或者是秋天
当然也可能是冬天的
一个白天
有可能是早上
也有可能是下午
我猜不太会是晚上
小荷当时 20 岁
虽然她现在已经 46 岁了
在一片芦苇地里
一片芦苇地围绕着小湖就在那里
小湖里有一条小舟
我猜就是那种木舟吧

一般的乡下小船

也可能是竹筏

反正她就和她的小男友在船上

他们划啊划啊

一直划到湖心深处

在一片完全淹没和挡住他们的芦苇丛里

她说我要嫁人了

在很远的另一个省里

说不定再也不会回来了

没有细节

她说这些时没用形容词

她给了他 5 双布鞋

自己做的

一边哭一边做的

绣着非常好看的花纹

鞋底钉得非常扎实

用了比买来的鞋子更好的材料

她说

这样他可以穿很久

穿坏一双还有一双

穿坏一双还有一双

穿坏一双还有一双

穿坏一双还有一双

但是故事到这里没有了

她没说他们怎么划船回来

没说他说了什么

让人以为后来他们就一直在那里了

时间也不动了

鞋子在湖心

湖心在芦苇地

好像永永远远了

没有接下去的人生了

但是小荷 46 岁了

她的孩子都有孩子了

和她的男人一起

她每天给他做饭

她喜欢他

她肯定后来再也没回过老家了

她壮得像头牛

男孩儿头、脸上棕红发亮

北京的晚上

风一直持续变强
你困了
睡得像只小羊
越缩越紧
不要碰
而人生已经不能再往前走
江有潜龙
（一种食用小蛇
可以做药酒）
你睡着了
失去声音和画面
几乎不存在的
北京
在陆地和海洋之间的

一个词里
没有水的海洋
没有高度的山
而灰色更浅了
每天它都在变浅
最后会消失

度量衡

我爱你像海那么浅
因为我还要爱你更深
我爱你像宇宙那么狭隘

老

一棵树老了

挨不过夏天

一棵树

被路人的叹息覆盖着

没辙了，它像透明那样不存在

像怀疑论那样肮脏

以贫穷消暑

以老了特有的恶毒划过

一条黄狗

交涉出的病痛

在绝壁下

十六岁惊醒直到今天

默默审视的

几十个女人所构筑的篱笆已经

嵌在骗局墙上

一棵完好的

树的死亡已经死在

四十七个夏天的死里

月亮啊

我知道李白有一个自己的月亮
在水里
孙悟空也有一个月亮
嫦娥有另外的一个
每个人的月亮都不大一样
所以你们所说的圆月
到底是哪一个月亮
我的月亮还没圆呢
所以根本犯不着出去看月亮
月亮还没有升起来呢
我的月亮很小很轻，又白又冰
融化后是一颗鸽子的心

上班路上

我希望这辆红色小车能永远开下去
让高架桥像自己咬住自己尾巴的蛇
不断地拨开夏天激烈的雨柱
收音机就这么咿咿啊啊
窗上的水汽像梦一样
一直没有醒来
为了没有地狱，我愿意牺牲掉天堂
广告歌庸俗得几乎优雅
天冷冷地适度明亮
几乎是一张白纸
我们把白纸划开，用一把红色小剪刀

起飞

就要进入梦乡啦
请系好安全带
买好保险，备好电锯
深呼吸，露出尖牙，骂十声死混蛋
再用小鸟的声音歌颂爱
稳步进入平流层
请期待，会飞的北京烤鸭
拉丝长达十米的芝士派
冰激凌富士山
粉红色大雪
浅紫罗兰色的致命香气
情人的眼睛星星
还有像火山岩或者巨型琥珀
那样的血块

由心碎的血

遇到死海海盐后凝结而成

还有词语、锋芒和秘密

还有父亲

晚安

无药可医

因为我得的是自己发明的原创病

只有自己的原创药可用

配合原创疗法

可我还不想要太快治愈

毕竟我只是个无害的富家子弟

听话的好学生

冷漠的小处女

我不需要真诚的心灵沟通

哦，我好香

我的本子好香

我的头发好香

我被自己香倒了

躺在香水里

等待被救上来

像荷花一样被裙摆托着

蝴蝶好香

太阳好香

我们说过的所有秘密

嘘

喜欢不喜欢

我喜欢睡觉前的一分钟和醒来后的五分钟，像时间是偷来的

我不喜欢离别前的十分钟和离别后的每一分钟，像时间被抢走了

烦

还有太多说不完的
你已经有点不耐烦
从古至今所有的你
还有没完没了的我

仿《天上的白云真白啊》

天上的白云真白啊

啊，白云真白的上天

真白

白

忘年交

真后悔没有和你在一小片星空下
没有去一个派对然后蒙上眼睛
噗
在你肚皮上喷口气
用蜡梅花在雪地里
没有雪
我们幻想的春天下午
一只蜗牛停在竿上
太阳转一圈
风就钻进被子里
我真后悔没有给过你什么东西
一只虫子
银的
多足的

可一个小孩能给你什么呢

真后悔没见到你在我的年纪

不谈美丑

总的来说
能吃掉的东西都是善的美的
蔬菜很美
动物很美
化学元素也很美
对异食癖来讲
木头和金属也很美
对昆虫来说
微生物很美
世界上唯一不能吃的
就是精神
精神是丑陋的

后现代主义

网上订餐，优步
听虾米自动推荐的音乐
喝便利店售卖的葡萄酒
所有东西都随随便便地
抑郁，下岗，中年危机与住房贷款
还有什么离婚诉讼
老人的过世跟孩子的离去
都像套装一样给你准备好了
标准礼盒
选择很少，又贵，又难
墓地和房子一直涨价
头发越少
肚腩越凸

狗

夜深了

狗意识到它所有同伴的死

主人夜夜棋牌的空虚

还有协警想要捉走它的姿势

日复一日的颗粒形狗粮

永远的铁门

开了又关

关了又开

一模一样的晚上

你现在看到的

和世界上所有狗看到的

是同一个晚上

嗑瓜子

一颗嗑开了

一颗嗑出牙龈血

一颗泛潮了

一颗中间空心的

一颗没有被煮熟

一颗滑在地上了

一颗没嗑完

一颗哽在喉咙里

世界绝情日

不因为失望而哭泣
不因为险情而恐惧
不因为胜利而狂喜
不因为春天而
期盼夏天来临
不因为活着而害怕死
不因为死而担心活着

露营

退得那么远了
到威海，远遥村
沙子来了又回
有行为艺术家扎营
升火，做饭
牡蛎被打捞
运到上海，而上海
是一片霓虹灯
沙漠，到后来
LED 就是水珠、水母、水藻
一派永昼的
海市蜃楼
你太紧张了
你为什么不放松呢

你握得太紧了

你把自己的拳头都握碎了

陈词滥调

天是圆的
地是方的
月亮是银的
太阳是金的
星星是像钻石那样透明的
天空是天鹅绒的
你是甜的
还有什么
标准范式的陈词滥调
很久很久以后
发现陈词滥调都是真的
美的东西是美的
因为它们都是遥远的

恨

不想要爱了，现在我要一个恨
因为我已经不爱你，现在我恨
你，不再想你或者爱你了，不想
继续爱你或者继续想你了，不
想再说我很想你了，而且我不
再想我爱不爱你这个问题了
不爱你了，我恨死你了，我不再
继续和你待在一起这样那样
比如说继续在深夜写诗，编造
我不再爱你了这种谎话，因为
我根本做不到，我只是在说谎

没有你的三千七百二十八天

要是不写诗，日子可怎么过呀
要是不喝酒，日子可怎么过呀
要是没有你，从昨天到今天
到明天、后天、大后天，到永远永远

酒歌

酒很坏
不要喝酒啦
虽然我们喝酒的原因更坏
谁来给我唱一支安魂曲吧
要是没有酒
咱们的下场比喝了酒还坏
哎呀，酒很坏
而没有酒的话更坏

咒语

我知道我要出门了，但是没法从床上起来
我知道我要出门了，但是没法从床上起来
我知道我要出门了，但是没法从床上起来
我知道我要出门了，但是没法从床上起来
我知道我要出门了，但是没法从床上起来
我知道我要出门了，但是没法从床上起来
我知道我要出门了，但是没法从床上起来
我知道我要出门了，但是没法从床上起来

我迟到了

我爱你正好十四天

想爱，想吃，想玩
想在彻彻底底空虚
和多到满溢出来的
几十个日日夜夜里
两星期正好十四天
接着我就不爱你了

睡吧

头发真香

被子真香

梦里你

和香

和你

和香

和梦里的

睡衣

香喷喷

的你

和香

和香喷喷的你

和被子

和香

和枕头

和香喷喷的

和你

海

我希望
这是一首梵文诗，那么就可以在海岸线
比如讲鹰和顽石之地那么秘密
就像有人在那儿
哭过
所以所有光都是湿的
你不信
我记得风里来雨里去的失事，哪怕
它看起来并不会输
因为已经是最贵的一瓶
香槟
就藏起来你的情绪
吞下去
要是足够的泡沫足以应付自己

也就罢了。偏偏你递了过去
我想最开始疯的总是最开始寂寞的
好啦
就走走吧，你不介意
那么我就在烈日里沿着一百只橘黄色
眼睛形状的红线条
没有太阳的概念体系里
走出黏黏的
长长的花茎一定是清苦不已，就受着它
就去告诉一个声音它不是最明亮的

盛夏

毛森森汗津津的臭男人

香香软软的女人

真正的奶油蛋糕卷冰镇在橱窗里

特别烫特别辣的炸鸡

从六月份到九月份

香烟，咖啡，心上人

所有会上瘾的东西都维持不久

春天

春天的太阳太刺眼了
从夏商周开始
从世界上有春天开始
春天究竟是一种发现还是一个发明
每一个春天死亡
就有无数个春天活过来
多么无望啊
春天是诗人的品质
因为很难说在最开始是不是诗人发现了太阳、月
亮和星辰
夸父追日
嫦娥奔月
每颗星星上都住着你思念的人
而你苦于并没有什么人是值得思念的

思念是奢侈品
可能要很多钱才能买到思念
每颗星星都是一块钱
而每块钱都离你十分遥远
春天也需要限时抢购
因为春天短暂而多情
它永远不是你一个人的
春天越到快要结束的时候就越是火热
像一块陨石
明明没有生命还发出光亮
所以需要提防
但提防能管什么用呢
春天是无孔不入的
因为它太无辜了
简直像夏天一样无辜
像秋天一样淳朴
像冬天一样清纯
但是冬天太紧张了
冬天的冰冻得太过肿胀
你太忧愁了

你简直比冬天更加冬天
你简直在体内重建了一个新的冬天
在那里冰层永远也不会消融
永远永远
永远比春天更远
它们日复一日、年复一年
通过重复来达到强度
而明天像一个一定会来的诺言
和天气一样准时得可怕
就好像它们没有情绪似的
好像它们没有爱
而没有爱就没有痛苦
没有痛苦它们就是和你不同的
天地之间就仿佛只有你独饮孤独
从天黑到天明
你啜饮这世间唯一免费的忧愁
多得好像永远也喝不完
永远有新的忧愁
永远有新的你
这首诗就永远也不会结束

因为天地间所有诗都是同一首诗
所有孤独的人都是同一个人
每一个春天都是这么相似
全世界所有的星星都像在同一个印钞厂出品
每颗星星都有相同的价值
我的意思是说相同的价格
一个合理的价格由董事会所有常务董事共同投票
决议
整个世界不过是他们的一首诗
诗的价格也由监察所商议决定
他们可以决定的事太多了
包括春天什么时候来临
甚至傍晚什么时候下雨
你什么时候哭泣
亲爱的，不要贱卖眼泪
把它们像珍珠一样收起来
等到春分无风的夜晚
将它们掷入大海
不计报酬
不问前程

大海将和天空一样沉默

你的眼泪就像天空里的星星那么遥远美丽

别的孤儿偶然看见了

就把它们串起来戴在胸前

保护它们而且保护了自己

所有的恐惧心碎和无眠之夜

都将被收藏

被镶嵌在景泰蓝和王室的桂冠上

变成永远的避忌

也是永远的猎物

在发生和永不会发生之间的界限究竟是什么

在春天和夏天之间决定性的那一天

只要我们足够严谨会发现没有一个定义是站得住脚的

所有定义都不堪一击

就像所有人都一定会死，而拯救是不成立的

没有任何东西需要拯救

它们并没有所谓自觉

你可以说那就是宇宙的真理

真理和水果一样新鲜干净

有各种尺寸、各种类型

那么请问您要哪一种级别的真理

什么口味的

每一种口味的价格都不一样

也可以私人订制，但价格贵得多

还要取决于材料和尺寸

即使你购买了订制的也不能保证从此以后不会心碎

微波炉还会抛锚呢对不对

保修期只有半年而已

况且每次你以为买到了最中意的东西

但还有让你更中意的东西吸引你的注意

这个姑且的世界里，没有所谓一劳永逸

永远有新的珍珠

永远有新的眼泪

永远有新的你

还会有许许多多的获得和抛弃

会不断有春天

不断有人在春天死去

死也不是一劳永逸的

每天都死去一点点

永远有新的死

死也不是免费的

任何天然的东西究其根本都是人为的

任何东西都经过了产品监测局的旋转流水带

带有一个编码可以在世界连锁店扫描

用银联卡结算

如购买限量商品可以享受会员送货上门服务

网上支付

上门安装

买四个春天更有优惠赠送一个夏天

抓紧时间享受季节

不尽快用完容易过期作废

产品保质期二十四个月

买很多朋友

买十打爱人一年也用不完

买很多很多的理想和幸福温暖

买太阳、星星

买欧几里得定律

所有东西都买几个以防青黄不接

买好几颗初心预防真的心碎

没关系的

一生很长

请不要急于心碎

没关系的

春天还没有到来

请不要哭

不要把信用卡交到别人手中

不要用贫穷做借口辜负

从月亮升起来到太阳掉下去，到诗人跳进冬江捕

捞月亮

在乘风归去的失落的人身后

琼楼被浓雾包围

一片银色

在楚楚的夜色中

比月亮更加晶莹

而诗人在水中见到的月亮只是他自己明眸的倒影

对饮成双

饮下自己的一片丹心，可以沉睡三天不醒

梦里不知身是客

一叶轻舟过重山

山间有闲僧

身轻如燕

疾步如飞

不用问他问题就能得到想要的答案

但是你会忘了这一切

每当梦醒来

在你的床头柜上边是账单

记录了你的梦有多贵

可是一分价钱一分货

梦的销售经理说

好梦不便宜，便宜没好梦

特别对孤独的人来说，梦是很重要的

不要随便梦见什么人

不要把梦里得到的东西转赠

礼物太重了会伤到获得馈赠的人

只有童年是免费的，人人都有一个

童叟无欺货真价实的

人间送你一个童年

一切都是新鲜的

有免费的身体和免费的爱
试用期十四年
堪称完美
试用是一种绝佳的引诱
因为接下来每一天，你都要续费
水
电
食物
器官保养和维修
身体这台机器将不是这儿疼痛就是那儿运转不灵
它再也没法像最初那样，而你不得不将它维持下去
像养了只麻烦的珍兽不得不饲养下去
为了活下去而疲于奔命
活着是困难的，而有尊严地活着简直举步维艰
一旦你活得够久，就会明白所谓有尊严是不存在的
只是硬撑着去勉强维持体面
像斗牛比赛上，拼命拉住缰绳不从牛背上掉下来
能撑多久就撑多久

到最后每个人都会掉下来
只有时间上并不显著的区别和跌落时人人不同的姿态
而仿佛人人心照不宣
都知道活着只是权宜之计
就好像人人都知道作为成年人就是作为幸存者
所以大家买菜、做饭、跳舞
对彼此隐秘但事实上共同的痛苦绝口不提
大家在路上碰见了
也只是说着隔壁家姑妈的小姨买了台全新电视机
这种不痛不痒的话题
就连菜市摊贩处的讨价还价
都像在回避那个真正重要的问题
那个所有人三缄其口，只为了暂时掩耳盗铃的真正要命的问题
无关乎宇宙，只关于我们自己
我们为什么这么害怕自己
其程度不亚于对宇宙的敬畏
就好像我们本能地知道什么而不去提
就好像全宇宙的秘密已经复刻了一套超级迷你的

体系，在我们每一个细胞里

而我们的每一次呼吸，都能在宇宙中找到波的对应

多么令人惊惧

多么无聊而没完没了的日子啊

搞不好也是宇宙美学一个重要运算的唯一证据

而此刻这个重要证据就在你外祖母手里

旧毛衣那最扎眼的一个毛线头上

她正费力地用剪刀去剪

让所有秘密都归于垃圾桶吧

在我们没有破译自己之前

我们怎么可能破译这个宇宙

但是在我们彻底了解宇宙之前

又怎么可能真正理解自己

我想要一个爸爸

想想想想想想想想

想

不要想了

想

想

不要想了

最后一头白犀牛也要死了

到处都是广场舞、豺狗和鼬
他们围抱在一起
一层叠着一层
苍蝇、蛆、蜜蜂，无不如此
人山人海的，特别吵
我们称之为音乐啊、艺术啊，所有
噪音的集合，呼应着郊外的狼嚎
已经没有静穆的草原了
老虎独居，大象悠闲地散步
等要死的时候
就找一个谁也找不到的地方
谁也不呼唤谁
不能与任何同类分享地
悄悄死掉

每一只秃鹫有它自己的树
每一个苏格拉底有他个人的耻辱柱
就这么原子和原子规律地滑动着
谁也没有撞到谁的身上
波保持元素固有的频率

李万峰说

你漂亮

以至于一说

你漂亮

就连漂亮

这个词都显得

更漂亮了

傍晚的火车站

炸豆腐、烤肠、烘山芋
晚市草莓
有点儿蔫的小花束
要饭的跟捡瓶的
几个插科打诨的保安
卖过期杂志的女人
卖冰糖葫芦的女人
卖糖炒栗子的和
小狗、小鸡、小兔
都困得不行
黑车司机围在检票口
拉长途的几个中年男人
未成年的小扒手
诗人还在写诗
收发票的打着哈欠

迎春花是黄色的

睡觉了小黄花
到时候花爸爸会来救你
春天的迎春花是黄色的
密西西比的月亮是黄色的
小秘密，黄猫咪
去年放生到小河里的乌龟正在变异

每每

每周总有这么七个晚上

每天总有这么二十四小时

每分钟总有这么六十秒

想你

和活一样明确

和死一样明确

和你的出现一样明确

而没有的时候

就是没有

啊

春天

夏天

秋天

冬天

我一无所有

一无所有

这儿有蝙蝠

气球很热、很烫、很独特
蝙蝠很黑，在莘庄，莘松路
听起来好像松露，让我想猛吸几口
及时雨一下子倒下来，声如洪钟
像把整个公园的草地都收割了，在我的头发上
吸血小鸟三只，咻咻咻
飞过来，飞过去，擦过左肩
然后右肩，灭了人肩头的两盏命灯
泰式的、印度式的或者中式的
我不想得罪任何信仰
但只相信妈妈就够了
毕竟她简单，正在沙发上看综艺节目

老人哪

老人把事儿看得太严重了
把意义当宝贝
我们这么像捏橡皮泥一样把他们
心尖上的宏大主题
那么玩儿啊、滚啊、笑啊
让他们感受到侮辱
天晓得他们也是一路走过来
流光了血
所有的梦想都破碎了
良心也喂了狗了
大家都死了成千上万次，所有人
一块儿欢聚举杯
带着破罐破摔的悲壮
以梦为马是诗人的事

我们的事是把梦烧了取暖

不然在冬天来之前就会冷死

几点了

太阳
在左边靠上
影子
在右面靠下

营销冠军

把自己卖出去

等贬值后

再低价买进

可是我已经不想再一个人吃饭了

太极双味虾

一半儿清炒虾仁

一半儿茄汁明虾

烧汁菌菇鸡柳

有三种菌

一种细长，两种大个儿的

切成条儿

啫啫金钩青笋

焖莴苣、洋葱和大蒜

有 XO 酱和小虾米

干锅手撕包菜每次必点

又酸又辣

火烧成蓝的紫的

最后自己熄灭

十月

我买了和你长得一样的玩偶

然后哭死在十月大街

死死抱住一棵小树

然后喝掉六罐啤酒

我喝的酒都是为你喝的

活也是为你活的

连衣裙也是为你被风吹的

前面的石头是为你砌的

后面是一片小湖，湖水是为你晃动的

分歧

关于煎蛋是整个儿还是捣碎
全世界有三千五百种意见
就是当代诗歌分歧的
全部秘密

总觉得是个好日子

我爱苍天
我爱闪电
我爱高山
我爱白云

给王挣

光
很凉
你的
头发
香
从软软的啊暖暖的，从你
说你爱喝小笼包里的汤汁
汤
充满
浓稠
烫的
亮

四月

春天还没有来就结束了
你没回来
月亮在冰箱里
还没来得及融化
是谁的太阳海这样蓝
塑料袋追着小狗
谁的头发被晒得
这么烫手
风异常多而沉重

老生常谈

红玫瑰是红的
白玫瑰是白的
鸡尾酒是彩色的
潜水艇潜得很深
你的嘴巴在清晨很苦
从月亮在水里的影子开始
到风在洛尔迦耳朵边结束
一串红是甜的
风信子是远的
我是贫穷
你是孤独
永远的我们是永远的

蓝

灰姑娘的裙子真蓝
头发和皮肤上闪着几百颗星星
夜里乡下的暴雨多亮啊
悬崖弯道的最紧急处
那声叹息多么低迷
嗨
小鸟真蓝
领口的几十只彩色小蝴蝶
和发卷里更小的透明小蝴蝶
多白多闹的老鼠和鹅
善良的蜥蜴还有光洁如新
一尘不染的南瓜
连裙摆被淤泥染上的湿度都好端端的
小小的王国

王子的眼睛真蓝

我要为爱结婚

我要用花朵点缀冰冷

那又有什么关系

我们不到二十岁

爱又有什么关系

北方奇迹

有些饺子皮很白
有些饺子皮泛黄
有些饺子透出绿色
有些饺子是粉色的
有些饺子是黑色的
有些饺子是焦褐色的
有些饺子破了个洞
有些饺子皱巴巴的
饺子太多了
吃饺子的人更多

沙漠早餐

四根木头和彩带撑起来的棚子里
风大大的（哗啦啦啦）
穿白色很薄很大的衣服
头发编着
鬓角彩色珠珠
羊奶从骆驼皮口袋里倒在棕色彩釉小碗里
馕温温的
孜然和奶酪，茶叶和金子
一把小剑插在背后腰带上，上面有印度蛇刺绣，
还有神
两个人或者四个人我们煮酒
为什么一定要是双数
像准备好棋局
游戏对手

X 轴和 Y 轴
噢，什么都没有
我们像从天而降的
沙漠的中心凭空冒出来
喝酒

夏威夷果

无缝连接迷你椰子壳
包着米白色肥嘟嘟
肉感，大密度
高油脂果子里
雨花石子儿大小的
凝固的肥肉
男人的粮食
女人的奶油

乖

吃过苹果了
煮菠菜
冷饮三根
上学，上班
窗户和门框统统擦过了
床铺过了
给妈妈剥瓜子
像猪找到松露不马上吃掉
把果仁统统存在手帕里
香瓜子
南瓜子
西瓜子
再绣凤与凰
龙凤呈祥

在绷好的圆布上一个月绣完一副

等妈妈的时候

秋天就来了

树枝吊着栗子和毛毛虫

水塘里的水蛭钻在青蛙的小腹下面

青蛙就突然不动了

天干物燥

新民晚报

太阳如果下山了就回家吧

老人在广场上追着小孩儿

到处是那种

油煎小黄鱼、凉拌烤麸的味道

盘子和铲子打得喀喀响

切豆腐、切葱的声音明显和切肉的不同

炒花菜也有别于炒蘑菇

谁都不知道

白天的小鸟去了哪里

我在巷子里等啊等

红红的云啊

蓝蓝的云啊

请让我给你们讲一个故事

狐狸

大熊

狼狗

小黄鸟

梅花鹿

我并不知道结局

我并不知道什么故事

请让我唱首小桥的歌吧

有水

有船

有摇船的人

有夜夜回不了的家

巷口小灯

等妈妈的人

给王挣

老虎蝴蝶弯弯

小屁股绒绒

天堂太甜

正好我可以舔一下

就晕

那样甜

风呼呼吹你鼻子

菱形光斑尖尖

有白的、红的、粉红的

有肉色的、黑色的、荧光黄的

一下子就不见

让我想妈妈

让我想爸爸

想妹妹

想山峦

风

在海水的涡里

呼吸不畅

咸如床单和菜

和昨天蓝蓝死亡

淡淡苟且里

小小的鸽子心

正好卡在

你拇指和食指之间

坏宝贝蛋

爱我爱我，吻我吻我
亲亲我的脚趾
亲亲我的臭屁股
臭蛋，我的臭宝贝，乖
又没有风，哎呀，我又没有火
又没有你呀，又没有你的
嗝声如天籁哟
我的坏宝贝儿，坏宝贝蛋
快来爱我，快来吻我

永恒白昼

苹果公司旗舰店
中央地铁枢纽
进口食品超市
高三应届生教室

妈妈的眼睛
康德的星星
我心里不停想你

爱的一千零一

一二三四五六七八

九十十一十二十三

十四十五

十六十七十八

十九二十二十一二十二

二十三二十四二十五二十六二十七

爱不动了

麻烦你把这么多爱完

一个一元钱

午觉

生病了
对吗
温温的
舌头也干干的
鼻子呼噜呼噜
不要紧的
皮肤是防水的
皮肤真棒
被子和脖子中间
小小的气流是香香的
方窗帘
本来是粉的
被光照着的地方是蓝的
我是浪漫主义的

被你爱过的时候是洁白的

屋顶是菱形的

照着椭圆的床底

头发是深紫罗兰的

唉

我也会用这样的词句

就好像无忧无虑

云南菜

松茸酒

六十度浸泡很多菌菇

哈尼树花像海藻

凉拌后，酸酸辣辣脆脆的

乳扇滚烫、焦黄

白糖细如水银

牛肝菌

炝鲈鱼

小米炒牛肉切得极细

拿菜叶裹着

一口塞进嘴里

老奶洋芋酸咸绵软

夹着小块土豆番茄

苦菜煸得很干

炒炸得酥脆的红豆简直疯狂

竹筒野山菌汤

色泽乳白

粉红的云腿

炒苦菜还有

埋在红绿作料下烫嘴的哈尼炝鸡

白蓼炒鸡蛋

六点零九分

城市风味日出
在莘庄
河道旁的椰子树塑料花
假拉斯维加斯情调，天
有点亮了
从不亮到亮用了零点零零一秒
一下子
从今天到明天是没有缝隙的
2015，2016，2017
没有冒号，没有句号
一百只鸟
在那么多不一样的树上，听起来
都差不多
到最后变成你心里的鸟，每天尖叫

到最后变成你心里的灯

一千之光

美丽的一天（和往常一样）

世界是地狱
人和人并不相爱
动物是凶残的
植物则很冷淡
一切物质都愚蠢而傲慢

逃跑吧

逃跑吧

趁现在下雪

二月的火车开到四月

这个情节也太老套啦

我们真傻

去俄罗斯嘛

要么最北，要么最南

那里四季分明

人又不多

有咖啡

有啤酒

有健壮油亮的大麻树

去坐游轮吧

太平洋

好望角

马六甲海峡

只有书里才有的那种地方

我们会打起来的

我们会分道扬镳

然后合好

手拉手去挤牛奶

直到八月结束

采摘葡萄

整整一个秋天

我们喝个烂醉

使劲掐我吧

求求你

让我舒服，让我愧疚

让我死了算了

就当世界上没有什么妈妈

就当世界上没有什么我

就当你爱我吧

就当你是真的

我是真的

就当我们活过

郊区

只有自动贩卖机
没有热饮
我们吃饼干，喝罐装果汁
再找个 24 小时营业的车站避雨
这里风很大
比所有地方都大
因为这里是世界中心
一个被遗弃的荒废的世界
没有信号
一直都是这样
你有针线吗
我可以为你在袖子上绣一只小鸟
一朵小花也行
或者一颗爱心

我们可以回家了，多棒

既不需要死

也不需要活

甜心

十万分之一的最性感少女
喔喔喔学公鸡叫
骂
流走的所有经血和眼泪被做成标本
在一辈子也想不到的超级娃娃
体内五颜六色辛辣味脓包
很甜很甜很甜很甜的
热带多囊型水果
多久才会被世界吃到
我真想
把你包扎起来不让人看到
我真想买那种花花草草
滑溜溜的布料
这么小

一点点，啊，一个迷你的
黏糊糊又活蹦乱跳的
肉色里
有一大堆橘色
在喵喵喵叫
几十只小猫喵喵喵
喵
你是王挣
小小小王挣
最可爱，最软，最红
可以咀嚼你最久
可以跟你一起洗澡

抽象极简主义

砰砰砰砰砰砰砰

砰砰砰砰砰砰砰砰

砰砰砰砰砰

砰砰砰

砰砰砰砰砰砰砰砰

砰砰砰砰砰

砰砰砰砰砰

砰砰砰砰

砰砰砰砰

砰砰砰砰

砰砰砰

砰砰砰砰砰砰

砰砰砰砰砰砰砰

读出来

砰砰砰砰砰

读响点

砰砰砰

砰

砰

砰

砰

砰

砰

砰

砰

砰砰砰

砰

砰